葉夢麟著

松陽方言攷

附：古音鱗爪

中華書局印行

松陽方言攷

楊雄訓纂太炎文始
轉變會通踵於風軌

陳誠題

松陽方言攷　序

往嘗閱先哲載籍，有言文字之源，本出於言語。我國三代以前，文字初成，文化限於黃河流域一區，其時言語與文字，尙趨一致。至周代文化四播，則黃河流域以外之民，巴庸荆楚吳越江淮之族，受中國之文字感化，而各習之以方言，於是言文始分。厥後外族憑陵，北人南漸，而南北方言，又經數度之交和云云。其言我國言文離合之原因，及各地方言隨文傳播之趨向，而彼此有相同者，已昭然若揭，特偏於理論耳。甲申初夏，鄉同學葉子芝生，出示所著松陽方言考，共分古音古語方言三章。就松陽現代語言，證諸唐虞三代以來古語，及秣陵歙浦方言，多相脗合。其內容窮流竟源，疏擧鑿鑿，洵非末學膚受者可道隻字；而向之所聞理論，今得實例以證明之，益知先哲見理之明而葉子治學之篤也。異日好學之士，倘能志葉子之志，踵起研究，各就一隅方言，考據其音韻源流，裒成全國方言考一書，以餉後學，則葉子先河之導，厥功不淺矣。瀏覽既竟，聊書數語，以弁簡端。

中華民國三十四年五月同里學弟吳雲庵序於行京新橋石碧山寓廬

自序

山川修阻，語有方俗之殊，一物多名，言有古今之異，此爾雅之所由作也。迄漢揚雄，復著方言。自時厥後，代有述者。松陽僻處浙南萬山中，語言殊異，百里外即不可通，人或疑其爲南蠻鴃舌之言。然細考之，實多唐虞三代以來遺音。爰於案牘餘閑，疏舉一二，爲古音左證，以質方家。非敢希爾雅之前矩，步子雲之後塵也。甲申九月浙江松陽葉夢麟序於重慶。

松陽方言攷　目錄

松陽方言攷

積誠叢書之三

古音第一

古無四聲，不分清濁，今從之。

「下ㄒㄧㄚ」松俗讀若「戶ㄨ」，古音也。毛詩采蘋：「于以奠之，宗室牖下」。鄭箋：「下，協韻則音戶，後皆放此」。蓋與下文：「誰其尸之，有齋季女」，之女字協。若讀「下」爲「ㄒㄧㄚ」，則不協矣。易乾象：「潛龍勿用，陽在下也。見龍在田，德施普也」。下與普協。大過象：「柔在下也，過以相與也」。下與與協。咸象：「亦不處也，所執下也」，下與處協。「下」，均讀「戶」。

「來ㄌㄞ」松俗讀若「梨ㄌㄧ」。冰臺所撰「千古元音閩語存」，閩語來曰里，古音也。毛詩終風：「終風且霾，惠然肯來」，鄭箋：「來，協韻多音梨，他放此」。蓋與下文：「莫往莫來，悠悠我思」，之思字協。若「來」讀爲「ㄌㄞ」，落哀切，則不協矣。易益象：「偏辭也，自外來也」，來與辭協。太公兵法黃帝語：「日中不熭，是謂失時」，之時期等字，與來字協。來亦均當讀梨。

「沒有」，四川兩湖等處言「沒得」。松俗言「無」，讀若「模ㄇㄨ」，閩語：「無」亦曰「模ㄇㄨ」，古語古音也。吾國各地讀南無阿彌陀佛之無字爲「ㄇㄨ」。南無二字譯音，歸命、敬禮、歸禮、救我、度我之意，又譯作南牟、南謨、那謨、納慕、娜母、南忙、那模、曩謨、納莫、曩莫等音。可見南無之「無」字，與牟謨慕母忙模莫等字同音。法華經方便品曰：「一稱南無佛，皆已成佛道」。法華經爲姚秦羅什所譯，是姚秦時，無字讀音，正與今松讀無異。黃侃古音十九組：「無，武扶切，聲韻俱異，古讀如謨，莫胡切」。上海言「沒有」爲「嘸ㄇㄨ沒」，廣東言「沒有」爲「冇ㄇㄨ」，皆因不知古「無」字讀音，另造「嘸有」二字。童振華據汪寶榮就外國語古來傳述之中國語，及中國古時音譯之外國語，研究發音，謂：『「畫眉深淺入時無」之無字，應讀「mo」，猶今言「麼」』。亦因不知「無」字古音，另造麼嗎等字。錢大昕謂：「古無輕脣音」。故輕脣音之「武ㄈㄨ」，松俗讀重脣爲「ㄇㄨ」，輕脣音之「望ㄈㄤ」，松俗讀重脣爲「ㄇㄤ」，其例不一而足。今南音讀「無、武、勿、望」爲輕脣，非古音。北音讀「無、武、勿」爲「ㄨ」，讀「望」爲「ㄨㄤ」之喉音者，去古尤遠。

（此節古無輕脣）

松陽讀「漁ㄩ」爲「ㄫㄩ」，讀「銀ㄧㄣ」爲「ㄫㄧㄣ」，讀「堯ㄧㄠ」爲「ㄫㄧ

ㄠ」，古音也。「漁銀堯」均屬「疑」母，今讀「漁」爲「ㄩ」，讀「銀」爲「一ㄣ」，讀「堯」爲「一ㄠ」，與「喻」母混矣。江永曰：『疑出牙，喻出喉，相去率遠，而今人以深喉呼「疑」爲「怡」。凡疑母字，皆以喻母呼之。如呼「漁」如「余」，呼「銀」如「寅」，呼「堯」如「遙」，習焉不察，反謂疑喻爲重出』。松俗讀音，正可證明江說之不謬。黃公紹所載三十六母，妄分疑母之魚虞等字，與喻母之韋雲等字相混，別爲魚母。故錢大昕斥爲妄生分別也。（此節疑喻二母非重出）

南人讀國音，苦於讀「ㄓㄔㄕㄖ」。因南方無此音，多讀爲「ㄗㄘㄙㄫ」。松陽則讀爲「ㄐㄑㄒㄫ」。北人苦於讀「ㄋ」。因北方無此音，泥母字，多混入喻母也。（以下端透定泥四紐之嬗變）

「竹ㄓㄨ」松俗讀「篤ㄉㄨ」，古音也。錢大昕謂：『古無舌頭舌上之分，知徹澄母，與端透定母無異。古音讀「竹」爲「篤」，詩：「綠竹猗猗」，釋文：「韓詩作篤，音徒沃反」』。今讀「竹」爲「ㄓㄨ」，古音所無也。

「猪ㄓㄨ」松俗讀「都ㄉㄨ」，錢大昕謂：「書禹貢大野既豬，豬，史記作都」。今讀「豬」爲「ㄓㄨ」，古音所無也。

「秩ㄓ」松俗讀「豒ㄉ一」。錢大昕謂：「古讀秩如豒，書平秩東作，說文引作豒」。今讀「秩」爲「ㄓ」，古音所無也。

福州人讀竹爲「ㄉㄡ」，讀猪爲「ㄉㄩ」，讀秩爲「ㄉㄧㄝ」，聲紐與松讀如出一轍。

易說卦：「震一索而得男，故謂之長男，坎再索而得男，故謂之中男」。韓康伯註：「長，丁丈反，下皆同，中，丁仲反，下同。」松俗言「長」爲「ㄉㄧㄤ」，（先父輩尙讀此音，今讀者漸寡。）言「蚊帳」爲「蚊帳ㄉㄧㄤ」。言「中央」爲「東ㄉㄥ央」，與韓注讀舌頭音者正合。松俗讀「置」爲「ㄉㄧ」，言長短之長爲「den」，亦舌頭音。今「長」展兩反，「中」，陟仲反，「置」，知意反，讀舌上音者非古。

易師卦：「終來有它吉」。王弼註：「它，敕多反」。它敕同紐，則敕當讀舌頭音「ㄊㄧ」，非舌上音「ㄔ」。它多同韻，則它讀「ㄊㄛ」，不張口讀「ㄊㄚ」。而讀敕爲舌上音，讀它爲張口音者，非古。

江永音學辨微：「舌上音，舌上抵齶」，黃侃音略，爲之是正，謂：『此當云舌頭彎曲如弓形，向裏，非舌頭抵齶也，「知」是也。「澈澄」稍加送氣而分清濁。「娘」就此部位，而收以鼻之力』。按松俗讀「知澈澄娘」四紐，爲「ㄐㄑㄐ濁ㄬ」，正是江說所謂舌抵上齶。且四紐發音，形勢相同。黃謂彎曲如弓形，向裏，即今北音之「ㄓㄔ

ㄓ濁」。但「ㄓㄔ」二音，洵彎曲如弓形，向裏矣！而「广」音，則並不彎曲如弓形向裏；與「ㄓㄔ」二音，發音形式，絕不相同。唐守溫三十六字母分紐，發音形式，無不自成條理，以類相從，不應舌上音獨異。證以松俗讀音，江說似并無誤。

章炳麟謂：『古無「日」紐，閩廣人亦不能作「日」紐』。證以上文「竹豬秩」等字，非特古無「日」紐，且無「ㄓ」音。黃侃謂：『古音「知」與「端」同，「澈」與「透」同，「澄」與「定」同』。是古人讀「知澈澄」三紐爲「ㄉㄊㄉ濁」，而「ㄓㄔㄖ」三音，皆古所無矣。今福州人讀知爲「ㄉ一」，讀澈爲「ㄊ一せ」，讀澄爲「ㄉㄣ」，即古人讀知澈澄爲「ㄉㄊㄉ濁」之確證。

黃侃定古音十九紐，以『舌上、半齒、正齒、輕脣爲變聲。凡變聲，古皆讀從正聲。如「知照」歸「端」，「徹穿審」歸「透」，「澄禪」歸「定」，「牀」歸「從」』。今北音讀「知澈澄」等舌上音，及「照穿牀審禪」等正齒音，爲「ㄓㄔㄕ」者，證以黃說，皆古音所無也。

章炳麟國故論衡：「古音日娘二紐歸泥」，松俗讀日娘二紐歸疑，「如日、入、任、然、而、如、爾、耳、弱、人、冉、攘」等日紐字，及「尼、昵、女」等娘紐字，松俗均讀「疑广」紐。歸泥歸疑雖異，而證明古無日娘二紐則一。且泥之與疑，相去無幾，「泥ㄋㄧ」音略變，則為「疑ㄫㄧ矣」。

松人讀花為敷，讀車為居，古音也。詩「何彼穠矣，唐棣之華，」華字，與王姬之車，車字協。毛傳：「古讀花為敷，與居為韻」。長沙人譚秘書叔隆云：『小時一老師授詩，讀桃夭「灼灼其華」，華為「ㄏㄨㄛ」。「宜其室家」，家為「ㄍㄨㄛ」，謂是古音。今人讀華為「ㄏㄨㄚ」，家為「ㄐㄧㄚ」者，皆誤。』今松人讀華家二字，正與此老師所讀古音，不謀而合。陶潛擬古詩：「灼灼葉中華」，華亦與「和歌多何」叶。

（以下古麻歌同韻）

松俗讀「麻ㄇㄚ」為「磨ㄇㄛ」，讀「沙ㄙㄚ」為「娑ㄙㄛ」，讀「差ㄔㄚ」為「磋ㄘㄛ」，讀六麻多與五歌同韻，讀「ㄛ」不讀「ㄚ」。顧炎武古音表，歌戈麻列為一部。江永以下，言古韻者，莫不皆然。是六麻五歌，古本同韻。惟松讀則歸麻於歌；而東方雜誌所載五十六聲勢辨，歌韻讀「a」，即國音之「ㄚ」，則歸歌於麻，二者適得其反。據章炳麟云：「自麻變為張口」，則麻韻讀張口「ㄚ」音，乃後世之變音，當以松讀為是。

「他」松俗讀「ㄊㄛ」，不讀「ㄊㄚ」。韓愈八月十五夜詩：「人生由命非由他」，他字與「歌科多何」叶，亦當讀「ㄊㄛ」，託何切，歌韻。今讀「ㄊㄚ」張口音者，非古音也。

「牙」松俗讀「兀ㄨㄛ」，不讀「一ㄚ」，古音也。詩祈父：「予王之爪牙，靡所止居」，牙與居協。韓愈毛穎傳：「不角不牙，衣褐之徒，缺口而長鬚，八竅而趺居」，牙與徒鬚居協。皆古讀「兀ㄨㄛ」不讀「一ㄚ」之確證。讀「牙」爲「一ㄚ」張口音者，後世之變音也。

陶潛命子詩：「實欲其可」，可字與「斯情無假」假字協。則晉人讀假字，當如松人讀「ㄍㄨㄛ」，不讀「ㄐ一ㄚ」之張口音矣。

「些」箇韻，讀「ㄙㄛ」，麻韻讀「ㄙㄚ」，音義俱異。但今湖南長沙等處人，語尾多帶「些ㄙㄚ」音。如「來些ㄙㄚ」，「去些ㄙㄚ」，則楚些已由「ㄙㄛ」變爲「ㄙㄚ」。今讀些爲「ㄒ一ㄝ」，由不知些字古音，另造「唦ㄙㄚ」字以代之，則去古愈遠矣。

「大」松俗讀「䭾ㄉㄨㄛ」，上海亦讀「䭾ㄉㄨㄛ」。箇韻大字，唐佐切，音䭾，與泰韻大字，徒蓋切，張口讀「ㄉㄚ」者異。

汪榮寶研究發音，謂：『唐宋以上，凡歌韻字，皆讀「a」音，不讀「o」音。魏晉以上，凡魚虞模字，皆讀「a」音，不讀「u」音，或「y」音。』童振華以此推測

：『古人「父」應讀「ba」，母應讀「ma」，嗚呼應讀「a ha」，唯我與爾有是夫之「夫」字，應讀「ba」，不必另造爸、媽、啊、哈、吧等字』。二君之所發明，極爲新穎可喜，與五十六聲勢辨之說亦合。松言「衣裳破」，爲「衣裳怕ㄆㄚ」，讀「破ㄆㄛ」爲「怕ㄆㄚ」，亦有讀「a」不讀「o」者。惟與章炳麟說，適得其反，存此待考。

松俗讀「泰ㄊㄞ」爲「ㄊㄚ」，讀「帶ㄉㄞ」爲「ㄉㄚ」，讀「蔡ㄘㄞ」爲「ㄘㄚ」，泰韻字多張口讀，章炳麟二十三部音準，謂：「古之泰部，如今中原呼麻，自麻變爲張口，而泰部乃有橫口縱口音矣」。今中原呼麻變爲張口，謂讀麻爲「ㄇㄚ」，泰部乃有橫口縱口音，謂如今呼泰爲「ㄊㄞ」。皆後世之變音也。

「九」松俗讀「狗ㄍㄡ」，廣東人亦讀「狗」，福州人讀「ㄍㄧㄡ」。「今ㄐㄧㄣ日ㄖ」，松俗讀「ㄍㄢ、ㄋㄜ」，廣東人亦讀「今」爲「ㄍㄢ」，福州人讀今爲「ㄍㄧㄣ」。松俗言「幾ㄐㄧ時ㄕ爲ㄍㄧ、ㄙ」，福州人亦讀幾爲「ㄍㄧ，ㄙ」，廣東人讀「幾」爲「ㄍㄝ」。松俗讀「教ㄐㄧㄠ」爲「ㄍㄠ」，福州亦然。松俗讀「覺ㄐㄧㄛ」爲「ㄍㄛ」，福州則讀「ㄍㄠ」。凡見母字，多讀「ㄍ」，不讀「ㄐ」，古音也。姜亮夫云：「守溫三十六母中，見疑曉諸字，但列開合一組。國音則分出齊撮一組者，蓋就世俗通用而增耳」。見疑曉三母之開合組，即「ㄍㄫㄏ」也。齊撮組，即「ㄐㄬㄒ」也。

見母字古音，皆如松俗讀「ㄍ」。今讀「九」爲「ㄐ一ㄡ」，讀「今」爲「ㄐ一ㄣ」，讀「幾」爲「ㄐ一」，讀「教」爲「ㄐ一ㄠ」，讀「覺」爲「ㄐ一ㄛ」，凡見母字，多讀「ㄐ」。世俗通用所增，非古音也。（以下見溪疑母，古讀剛聲）

僧守溫以「見溪疑三母，舊名淺喉，曉母名深喉。」古讀「見」爲「ㄍ」，讀「溪」爲「ㄎ」，讀「疑」爲「ㄫ」，聲由舌根上抵軟齶而發，與喉相近，故名淺喉。若如今讀爲「ㄐㄑㄬ」，則爲舌上聲，非淺喉矣。江謙聲母剛柔表：「見之吉閣，溪之乞殼，疑之熱岳，上字柔聲，下字剛聲」。何仲英謂：「福建人讀剛聲，尚存古音之舊」。可見松俗讀「見」爲「ㄍ」，讀「溪」爲「ㄎ」，讀「疑」爲「ㄫ」，三紐讀剛聲者，古音也。蓋「閣ㄍㄛ殼ㄎㄛ岳ㄫㄛ」以「ㄍㄎㄫ」爲聲母者也。今人讀「見」爲「ㄐ」，讀「溪」爲「ㄑ」，讀「疑」爲「ㄬ」紐，讀柔聲者，非古音也。蓋「吉ㄐ一乞ㄑ一熱ㄬ一ㄝ」．以「ㄐㄑㄬ」爲聲母者也。

「他」松俗言其「ㄍㄝ」，廣東人亦言「ㄍㄝ」。因不知「其」字古音，另造「佢ㄍㄝ」字。青田人則讀「其」爲「ㄍ一」。松俗言「去ㄑㄩ」爲「ㄎㄜ」，讀若英語之「k'o」。桂林、長沙等處，「去ㄑㄩ」亦言「ㄎㄜ」。福州去讀「ㄎㄡ」。湘潭人讀「見」爲「ㄍ一ㄢ」，讀「溪」爲「ㄎ一」。凡見溪二母字，多不讀「ㄐ、ㄑ」。皆見溪二母，讀「ㄍㄎ」之古音也。今讀「其」爲「ㄑㄧ」，音既變而紐亦異，已由見母變爲溪母。今讀「去」爲「ㄑㄩ」，紐變，而音亦非古。古無「ㄩ」音。

國音「ㄊ」母字，如「田ㄊㄧㄢ庭ㄊㄧㄥ騰ㄊㄥ」等，松陽多讀「ㄉ」母，爲「田ㄉㄧㄢ庭ㄉㄧㄥ騰ㄉㄥ」。福州亦然。國音「ㄆ」母字，如「平ㄆㄧㄥ貧ㄆㄣ傍ㄆㄤ」等，松陽多讀「ㄅ」母，爲「平ㄅㄧㄣ貧ㄅㄧㄣ傍ㄅㄤ」。福州亦然。國音「ㄑ」母字，如「騎ㄑㄧ羣ㄑㄩㄣ籌ㄑㄧㄡ琴ㄑㄧㄣ」等，松陽多讀「ㄐ」母，爲「騎ㄐㄧ羣ㄐㄩㄣ籌ㄐㄧㄡ琴ㄐㄧㄣ」。國音「ㄘ」母字，如「囚ㄘㄧㄡ嬙ㄘㄧㄤ情ㄘㄧㄥ晴ㄘㄧㄥ」等，松陽多讀「ㄙ」母，爲「囚ㄙㄡ嬙ㄙㄧㄤ情ㄙㄧㄥ晴ㄙㄧㄥ」。其他不勝枚舉。徐昂之聲紐通轉說，所謂：「見紐可轉溪紐，溪紐可轉見紐，有類轉、隔轉、交轉、遞轉、對轉。」證以松俗讀音，信而有徵。姜亮夫亦謂：「脣舌本舒展進退自如之物，稍前稍後，而五音變矣」。（此節聲紐通轉）

松陽每字有平上去入四聲，每聲均分清濁。如「央ㄧㄤ怏ㄧㄤ怏ㄧㄤ約ㄧㄛ」，爲平上去入四清聲，即有「陽ㄧㄤ養ㄧㄤ漾ㄧㄤ藥ㄧㄛ」，平上去入之四濁聲。（國音無濁母，後四字借用。）故每字可念八聲。江永辨五音清濁，謂：「溪爲羣之清，羣爲溪之濁，如欽爲琴清，琴爲欽濁。透爲定之清，定爲透之濁，如汀爲庭清，庭爲汀濁」。

云云。亦每字八聲。較之北部，惟有陰平、陽平、上、去四聲，西南惟有陰平、陽平、上、去、入五聲，及江蘇之七聲（濁上、濁去、相紊），廣東之九聲（多中入），或過之或不及者，爲適得其中。

浙江、福建、廣東爲古百粵之地。中原讀音已變，而流入此等處之古音，猶相沿未變，保存至今。故音韻學家謂：「秦漢古音，往往存於閩越之間。隋唐古音，亦多遺於江浙之地。」胡以魯亦謂：「福建、廣東方言，佶屈敖牙。然中原古音，猶有作化石而保存者。」不知者以其語言殊異，遂以南蠻鴃舌之言目之，未之考耳。（以下總論）

「卬」五郎切，音昂，疑母。松俗讀「兀尢」，古音也。今讀「尢」，則於郎切，混入喻母矣。北方人自稱爲「卬」，音「兀ㄚ」。毛詩匏有苦葉：「招招舟子，人涉卬否」。鄭箋：「卬，我也。音昂。」古讀「兀尢」，而北方言「兀ㄚ」，韻變而聲未變。後人又妄造「俺」字以代之。爾雅郭註：「卬，猶姎也，語之轉耳」。說文：「女人稱我曰姎」。姎，於郎反，讀若「盎尢」。今浙江遂昌，男女均自稱曰「姎尢」。「那一個人？」北方言「誰？」蘇州人「他」均言「伊」，語尾多帶「哉」字。紹興人亦帶哉字。章炳麟謂：『古音「女」本爲「帑」，今武昌言「女」如「奴」，而撮口，乃古音也』。是古語古音，猶散佈各處，未盡泯滅，而松陽所保存者較多耳。

總觀以上各節，可得一結論。即古時牙音「見溪羣疑」四紐，讀剛聲「ㄍㄎㄍ濁兀」，而讀柔聲「ㄐㄑㄐ濁广」舌上音者爲後起。舌上音「知徹澄娘」四紐，古時歸舌頭音「端透定泥」四紐，讀「ㄉㄊㄉ濁ㄋ」。及唐守溫時，始分出舌上音「知徹澄娘」四紐，讀「ㄐㄑㄐ濁广」。迄元、金以後，又改讀「ㄓㄔㄓ濁广」。蓋北部音，多受北京音影響，而北京音，復受滿語影響。滿州人，古女眞族，其先爲金。「ㄓㄔ」等音，當流傳嬗變於金、元入關之時。楊秀清奉天討胡檄云：「中國有中國之語言，今滿州造爲京腔，更中國之音，是以胡言胡語惑中國也。」亦以京腔爲滿語。元周德清撰中原音韻，完全以實際之北音度曲。故中原音韻，以入聲配隸三聲。今北音亦無入聲。明洪武正韻，及清五方元音，均本於中原音韻。則斷今之北音，多羼雜金元時音，竊恐非誤。而「ㄕㄖ」二母，與「ㄓㄔ」二母，發音方式同類，皆爲塞縮籠口而拳舌之寒地語音，當亦爲同時傳入無疑。至古無輕脣，無舌上，無正齒，無娘日二紐。六麻古與五歌同韻，呼不張口。泰韻自張口變爲橫口縱口。古疑母後世混讀喩母，聲紐通轉，五音清濁諸說。皆可於松俗方言中，得其左證。又可悟古音簡單，後乃轉趨複雜。唐虞三代以來遺音，迄今猶有存者。昔顧炎武與友人讀「天明」爲「丁茫」，傳爲佳話。豈知蕞爾松陽，滿街佳話乎。

古語第二

「不」松俗言「弗ㄈㄨ」，古語也。書堯典：「九載績用弗成」。孔傳：「九年，功用不成」。又「舜讓於德弗嗣」。孔傳：「辭讓於德不堪，不能嗣成帝位」。均釋「弗」為「不」。其例甚多。

「不來」松俗言「弗來」，讀若「弗ㄈㄨ梨ㄌㄧ」，完全為古語古音。（來古讀梨，說見上篇。）何典卷一：「一錢弗使，兩錢弗用」，何典為上海張南莊編，清乾嘉時人，是上海亦言「弗」。

「吃」松俗言「啜」，孔孟時語也。孔子謂子路曰：「啜菽飲水盡其歡」。孟子曰：「徒餔啜也」。吃均言啜。縉雲人言食，亦古語。

「怎麼」松俗言「爭ㄗㄤ」，古語也。羅隱柳詩：「自家飛絮猶無定，爭把長條絆得人」？「爭」助詞，與怎同，猶言如何也。長沙言「什麼事」為「何事」，亦古語。

「衣服」松俗言「衣裳」，此古人服上衣下裳時語。

「要不要」松俗言「樂兀ㄠ弗ㄈㄨ樂兀ㄠ」，樂去聲，讀若「兀ㄠ」，古語也。論語：「仁者樂山，智者樂水。」

「摘取」松俗言「掇」，讀若「ㄉㄛ」，古語也。詩國風：「采采芣苢，薄言掇之」。鄭箋：「掇」都奪反，拾取也。

無意間打破貴重物品，松俗必驚呼曰：「嗚ㄨ呼ㄏㄨ」，猶今言「唉喲」。邵陽言狂呼，爲「嗚呼連天」，皆古語。

松俗歎美聲曰：「於ㄨ！道地、道地、」古語也。「於」讀若「烏ㄨ」，歎美辭。書經：「於！鯀哉！」詩經：「於！緝熙敬止。」道地二字，則本於藥物。藥鋪中常懸「道地藥材」招牌，言由某道某地運來，如川貝出於四川，廣皮出於廣東，亦歎美辭也。

松俗驚歎聲曰：「惡」，讀若「ㄨ」。孟子：「惡、是何言也」。朱子註：「惡者，不安事之歎辭也」。

北方言「不知道」，南方言「不曉得」。松俗言「弗知」，讀若「弗ㄈㄨ急ㄐㄧ」。中庸：「問之弗知弗措也」。知字古人本讀「ㄉㄧ」，松俗讀「ㄐㄧ」，平聲。因急舌言之，變爲入聲。（今知字讀「ㄓ」，非古音，說已見上篇。）

禮記：「父召無諾，先生召無諾，唯而起。」鄭玄曰：「應唯，恭於諾也」。今松俗應召，均曰「唯ㄨㄟ」。

物相擊聲，松俗曰：「砰ㄆㄥ磅ㄆㄤ」。司馬相如上林賦：「砰磅訇磕」。司馬彪曰：「皆水聲也」。或曰：「石聲也」。字皆從石，或說爲是。言水聲者，當屬借用。松俗又借以形容物相擊聲。

晉張華鷦鷯賦：「將以上方不足，而下比有餘。」松俗云：「比上不足，比下有餘。」

松俗「看」言「相」。周書召誥：「使召公先相宅」。左傳：「相時而動」。相，視也。

方言第三

「藏」松俗言「坑」，福州上海亦言「坑」。何典：「難道我們坑在屋裏，護出小銀子來不成？」劉復註：「坑」，藏也。

「叨便宜」，松俗言「打抽豐」。何典：「連扛喪鬼，也不曾打他白客。」劉註：「打白客，猶言打抽豐。」

「睡眠」松俗言睏。何典：「大家收拾睏覺」。「睡一覺」，松俗言「睏一⿰目忽」。何典：「誰不知道一忽覺轉」，又「他已叫弗應，問聲弗聽的，睏到長忽裏去了。」

松俗言「現鐘弗打去尋銅」，何典：「現鐘弗打，倒去煉銅。」

何典：「巴弗能彀出門去了，落得無拘束。」劉註：「巴弗能彀，猶言盼他不到。」松俗則言「巴弗着。」

「未曾」松俗言「弗曾」。何典：「睏夢頭裏，弗曾想着。」松俗亦言：「做夢都弗曾想着。」

「的」松俗言「個」，讀若「ㄍㄜ」。何典：「他就吃着濕個，袋着乾個。」劉註：「個猶言的」。李後主一斛珠詞：「沉檀輕注些兒個。」韓楚原註：「個同介，古俗語助詞，猶今之樣地。」粵語：「在此地」曰「享個」，「不在此地」曰「唔享個」。個亦作虛字解。

「烙餅」松俗言「塌餅」。何典：「不拘糰餌塔餅，擒住了，狼餐虎嚥。」劉註：「塔應作塌」。

「戶限爲穿」松俗言「門檻都踏烊」。何典：「幾乎連階沿磚，都踏烊易了。」劉註：「烊易，謂因摩擦多而消損。」

閩語：「有」曰「務ㄨ」。屋內有人，曰厝裏務倫。松俗「屋」亦言「厝ㄑㄩ」。「有」亦讀「務ㄨ」。

「小孩玩水」，松俗言「攪水」，四川巴縣亦言「攪水」。松俗言「玩耍」曰攪，皖南語及粵語亦然。「攪」讀「ㄍㄠ」。

「電光」松俗言「霍閃」，巴縣亦曰「霍閃」。霍霍，聲光急疾也。

蘇州福州謂「人」爲「儂」，松俗亦然。問爲「誰？」則曰：「那ㄋㄚ儂？」但粵語「儂」字作「我」字解，與「誤儂畢竟是聰明」，「儂今葬花人笑痴」，儂作「我」解者義同。粵有名旦曰陳非儂，即作「非我」解。

「雄雞」，松俗言「荒雞」。清雲林三十六峯樵子，由白下移寓刊江，寄贈苕玉校書八律，有「荒雞無復舞劉琨」之句。

松俗言不潔曰：「邋遢」，曰「鏖糟」。不雅馴曰「莽撞」。俊快可喜曰：「活絡」。不聰敏曰：「懵懂」。多言曰：「潡聒，潡聒」。奉承人曰：「巴結」。厭惡人以事相擾曰：「曡堆」。不分辨是非曰：「含糊」。不分別曰：「儱侗」。入水聲曰：「汩ㄍㄨ洞」。失跌曰：「撲騰ㄊㄥ蹎倒」。南京亦然。（見首都志）粵語「邋遢」讀若「辣撻」，「鏖糟」讀若「汚糟」。

綜觀本書各節，松陽方言與唐虞三代以來古語，及南京上海方言，多相脗合。自東晉南渡，中原名士，過江如鯽，散處甯滬一帶。想其後必有徙居松陽，視爲世外桃源，以避難者。宋狀元沈晦，由麗水泛舟入松，遡松溪而上。靑山夾岸，一水中流，曲折數十里，豁然開朗，土地平曠。溪南桃花千樹，與山色水光，上下掩映。歎松陽爲小桃源，遂家焉。以此推之，松陽因處萬山之中，交通阻塞，墨守古音，故猶有作化石存者耳。

民國三十五年　南京初版

附　古音鱗爪

一

甲骨文有亘方、大方、犬方。方，邦也。書堯典：「方鳩僝功。」說文引方作旁。又「旁、从二，闕，方聲。」薄茫反。詩：「祝祭于祊。」說文：「鬃，或从方作祊。」補盲切。薄、彭、補，今皆讀重脣。方字古亦讀重脣音旁，與邦音同通用。故鬼方即鬼邦。亘方、大方、犬方，皆殷代小邦也。

詩柏舟：「實維我特。」特，韓詩作直。呂氏春秋忠廉：「特王子慶忌爲之賜而不殺耳。」注：「特猶直也。」直字古本讀舌端音特。今臺灣人直猶言狄，屬端紐。直音除力反，讀舌上音展「ㄐㄧ」，僧守溫時已然，故三十六母中，有知徹澄娘四紐。遼金元以後，又改讀舌葉音植「ㄓ」。釋器：「邭[屬+阝]謂之定。」釋文：「邭，古侯反。」邭、从邑句聲。邭句皆屬見紐，讀舌根音勾「ㄍㄡ」。後改讀舌上音拘「ㄐㄩ」。說文：「灌，从水雚聲，古玩切。」雚灌皆屬見紐，讀舌根音「ㄍㄨㄢˋ」。後權趯蠸等雚聲字，皆巨員切，改讀舌上音「ㄑㄩㄢˊ」。舌上音知徹澄娘四紐，實古舌端音端透定泥，及古舌根音見溪羣疑諸紐之變音，音韻家所謂腭化也。其中一部份，又由舌上音改讀舌葉音，如上所舉之直字，則凡三變矣。

詩鵲巢：「維鳩居之。」居與御韻。朱集傳：「御音迓，叶魚據反。」不知居字古音孤，不必叶魚據反，以遷就之。今潮州人居猶讀孤，正與迓叶。迓古音「ㄫㄨˊ」。說文：「斁，厭也。詩：服之無斁。一曰：終也。」白虎通：「射，終也。無射者，無厭也。」詩：「無射於人斯。」禮大傳作：「無斁於人斯。」詩：「服之無斁。」禮緇衣作：「服之無射。」斁射二字，古音同通用，皆音妒。

明來斯行槎菴小乘：「康誥曰：若保赤子。古尺赤通用。尺牘古作赤牘。文獻通考：深赤者，十寸之赤也。是知赤子者，謂胎生小兒僅長一尺也。古人多以尺數論長短，如三尺之童，五尺之童。」此與康誥疏：「子生赤色，改言赤子。」說異。惟赤尺二字同音通用，古皆讀護「ㄏㄨ」。

清陳澧考廣韻切語上字，凡四百五十二個，得四十聲類。見紐字有居九……等十七字。羣紐字有渠強……等十字。見羣二紐，共二十七字。而此二十七字，又有通用者。如漢書威帝紀，顏注：「共，居用切。」徐校說文：「共，渠用切。」同一共字，可用見紐之居，亦可用羣紐之渠。又如說文：「兢，居陵切。」詩羔羊，釋文：「兢，其冰反。」同一兢字，可用見紐之居，亦可用羣紐之其。何也？蓋共兢渠居其等字聲紐，古皆讀舌根音「ㄍ」。今見紐字音清，羣紐字音濁。古音有清濁而不分清濁。於此亦可知羣爲見濁，亦爲溪濁。羣實雙承見溪二紐。江永之羣爲溪濁。定爲透濁……云云，實有所未盡。今國音符號「ㄍ」母，古人須用二十七個字切之，則切音之學，後來居上矣。

今國語忘、亡同音王「ㄨㄤˊ」，讀喻母。元周德清中原音韻，則讀輕脣音房「ㄈㄤˊ」。閩浙粵等處方言，讀重脣音忙「ㄇㄤˊ」，此古音也。此等字由重脣變輕脣，又變讀喻母者，不一而足。

近年燉煌發現唐寫本，守溫韻學殘卷，只有三十母。脣音有不芳並明，無非敷奉微。則守溫時，尚無輕脣音。殘卷有泥無娘，有禪無牀。則泥之與娘，禪之與牀，原來不分。

見母古讀剛聲「ㄍ」，後改讀柔聲「ㄐ」知母。英文字母「G」，讀舌上聲「ㄐ」，而拼音時，卻讀舌根音「ㄍ」。英文字母「n」，讀舌上音「广」娘母，而拼音時，卻讀舌端音「ㄋ」泥母。皆與中國古今音變巧合。蓋人類口舌，構造相同之故。（章炳麟言娘日歸泥，因古音有泥無娘。）

小旻：「是用不集。」集，今讀即「ㄐㄧˊ」，如何能與猶咎韻？集古音「ㄗㄧ^ㄅ」

，緩讀爲就「ㄗ一ㄡˋ」，古人四聲不分也。故韓詩，集作就，毛公訓集爲就。書顧命：「集大命。」漢石經集作就。吳越春秋河上韻：「相隨而集。」集與救留韻。今溱讀照母針「ㄓㄣ」，由精母「ㄗ一ㄣ」所變。說文：「潧水出鄭國。」引詩潧與洧爲證。潧洧即溱洧，同聲通用。今潧猶讀精母「ㄗㄥ」。魯頌：「烝徒增增。」傳：「增增，衆也。」小雅：「室家溱溱。」傳：「溱溱，衆也。」今增亦讀精母「ㄗㄥ」。

史記歲陽之商橫，即爾雅之重光，橫古音光。說文：「桄，充也。从木光聲。」鄭注樂記，訓橫爲充。書：「光被四表。」漢書屢引爲橫被四表。段注說文：「桄之字，古多假橫爲之。且部曰：從几，足二橫。橫即桄字。今文尚書曰：橫被四表，古文尚書作光被。」商重二字古音近。

吳才老作韻補，首創古音。才老爲福建建安人，以閩語左證古音。周春云：「振振公子，才老叶獎里翻，殆閩音然矣。」又云：「耔，亦叶獎里翻。哉叶將其將黎翻。絲叶新齎翻，斯叶先齎翻，茲叶津之翻，私叶息移翻。皆閩音也。」此類閩音，最堪寶貴。古無「ㄭ」母，賴此爲之證明。今子讀「ㄗˇ」，耔讀「ㄗˇ」，絲讀「ㄙ」，……皆失去韻母「一」，讀入「ㄭ」母。古音子讀「ㄗ一ˇ」，耔讀「ㄗ一ˇ」，絲讀「ㄙ一」。

李後主一斛珠詞，那與過個顆破可涴唾韻，不讀張口音納「ㄋㄚˋ」。古無張口音「ㄚ」也。那古音娜「ㄋㄨㄛˇ」。

荀子臣道：「功成足以成大國之利，謂之拂。」拂讀如弼，古不讀輕脣音扶「ㄈㄨˊ」。

周禮天官丅典枲：「受苦功。」宋伯喦九經補韻：「攷證：冬官上，辨其苦良。齊語，辨其功苦。並讀果互切，音古。」此苦字本讀古之一證。說文：「苦，从艸古聲。」後世苦讀枯上聲「ㄎㄨˇ」，由見母變爲溪母，所謂同類雙聲。此等變例甚多，端之與透，幫之與滂，精之與清，……皆互相變。吾所以斷定羣母雙承見溪，定母雙承端透，並母雙承幫滂，……決無可疑。江愼修羣爲溪濁，定爲透濁，……云云，得其半而失其半。攷證，錢侗撰。

今樊讀輕脣音凡「ㄈㄢˊ」，古讀重脣音盤「ㄆㄢˊ」。九經補韻：「攷證：周禮春官巾車：鉤樊纓，朱樊纓，前樊鵠纓，並讀若鞶。」

今列烈皆讀獵「ㄌㄧㄝˋ」，古皆讀例「ㄌㄧˋ」，古無元音「ㄝ」也。禮記：「上附下附，列也。」釋文：「列，徐音例，本亦作例。」句讀：「上附下附，例無專條，而援他例者，是也。知此經以列爲例。」周禮司隸注：「厲，遮例也。」釋文：「例本作列。」古文字少，有列無例。說文段注：「例篆蓋晚出，漢人少言例者，古比例字，祇作列。」烈爲列之形聲字，古讀厲，厲例音同。通正：「詩，烈假不瑕，鄭康成作厲。烈山氏又作厲山氏。古者烈與厲通。又漢議郞元賓碑，揚淸厲于海內，亦以烈作厲。」

內則男鞶革注：「鞶，小囊盛帨者，……有飾緣之，則鞶裂與。」疏：「傳作鞶厲……厲裂義同。」裂，今音ㄌㄧㄝˋ，古音厲ㄌㄧˋ。裂厲音同通用。

今邪讀斜「ㄒㄧㄝˊ」，或爺「ㄧㄝˊ」，古讀「ㄫㄨˊ」。無元音「ㄝ」也。章炳麟新方言釋詞：「說文：『乎，語之餘也。』乎歟邪，古皆在魚模。」古魚模韻，皆收合口音「ㄨ」。

至志古皆音低，音同通用。荀子儒效篇：「行法至堅。」王先謙云：「荀書至志通借。正倫篇：其至意至闇也。楊注：至意當爲志意。是其證。」老子：「和之至也。」敦煌河上公注本，至作志。孟子：「必志於彀。」閩本、監本、毛晉本，志並作至。九經韻補：「詩絲衣，載弁俅俅。載猶戴也。侗按魏刁遵墓誌：載仁抱義，亦借載爲戴。春秋隱公十年，伐戴。釋文作載。」戴載皆才聲，古同音才「ㄗㄧ」，通用。

猗字今讀衣「ㄧ」，古讀「ㄛ」。詩：「隰有萇楚，猗儺其枝。」猗，於可反。九經韻補：「攷證：猗儺其實。侗按猗字，古有阿音。淇奧：菉竹猗猗，叶下磋磨。節南山：有實其猗，叶下何瘥多。漢外黃令高彪碑，以猗衡爲阿衡，猗與阿通。書太甲：不惠於阿衡。傳：阿倚衡平。正義：古人所讀阿猗同音，故阿亦倚也。」阿猗倚三字，說文通訓定聲，皆聯綴於ㄛ母下，屬隨韻。卩歌韻。

詩蘀兮，吹與和韻。朱集傳：「和，叶戶圭反。」蓋不知吹字古音嵯，而遷就之也。和，古音戶磨切，音「ㄏㄛ」。

今殷字作赤黑色解者，讀烟「一ㄢ」，不讀陰「一ㄣ」。猶先字今讀仙「ㄒ一ㄢ」，不讀莘「ㄒ一ㄣ」也。此皆古眞母字，今變爲寒母字者。

說文：「短，从矢豆聲。」史記孟嘗君傳：「士不得短褐。」索隱：「短音豎。」豎亦從豆得聲。秦始皇本紀：「寒則短褐。」集解：「徐廣曰：裋一作短。」裋亦豆聲。列子力命：「衣則短褐。」釋文：「裋褐有作短褐者，荀子作豎褐。」短豎裋，同音通用也。說文通訓定聲，豎裋列入需部，短列入乾部，以短爲从矢从豆會意。恐非。逢盛碑：「命有悠⿰扌豆。」集韻以短爲⿰扌豆或字，通訓定聲以爲誤作⿰扌豆。說文無⿰扌豆字。蓋短⿰扌豆皆從豆得聲。音同通用。今松陽方言，短猶言斗。

泰國景邁方言，九言 Kau。泰國南部那坤，九言 Kaau。雲南剝隘，九言 Kuu。皆讀剛聲「K」「ㄍ」，不讀柔聲「j」「ㄐ」，古音也。

舊字，廣西天保，雲南剝隘，皆言 Kau。讀剛聲「K」「ㄍ」，不讀柔音「j」「ㄐ

」。

松陽來言讋，吳人俗語亦然。龔明之中吳紀聞：「俗語，吳人呼來爲讋，始於陸德明。詒我來牟，棄甲復來，皆音讋。蓋德明吳人也。」陸德明吳人，吳棫閩人，皆從方言中，發掘古音。予亦自幸，生於松陽，得窺古音之寶藏。

棖，今讀舌葉音成「ㄔㄥˊ」，古讀舌端音「ㄉㄧㄤ」。焦竑焦氏筆乘：「論語中棖，史記申棠。以棠爲黨。棖本作⿰棠殳，亦諧聲字。可見棠亦音棖。」棠黨今皆讀舌端音。莊子山木篇：「王長其間。」釋文：「長，丁亮反，本又作張，音同。」棖張皆長聲字，與舌端音丁爲雙聲。

詩：「每有良朋，烝也無戎。」朋戎同韻。左傳引逸詩：「翹翹車乘，招我以弓。豈不欲往，畏我友朋。」弓朋同韻。劉楨魯都賦：「時謝節移，和族綏宗。招歡合好，肅戒友朋。」宗朋同韻。佩文詩韻：「朋，蒸韻。戎弓宗，東韻。」古音蒸東二韻不分。此古音蠡測所以併通訓定聲之豐升二部而爲一也。孔廣森云：「冬每與蒸通。」觀此節，則東亦與蒸通。

澤，今讀擇「ㄗㄜˊ」，古讀妒「ㄉㄨˋ」。焦氏筆乘：「草木歸其澤，澤音達各反，與斁作相叶。」各古音路。達路反，亦讀妒。

嚇，今讀下「ㄒㄧㄚˋ」，古讀護「ㄏㄨˋ」。焦氏筆乘：「韓退之詩：兒童稍長成，雀鼠得驅嚇。官租日輸納，郵酒時邀迓。嚇音爲罅。」迓古音「兀ㄨ」。古無張口音「ㄚ」也。

焦氏筆乘：「霓，研奚切，又五結切。韻書此類甚多，有兩音三音，而義同者，皆可通用。」研奚切音「兀一」平聲。五結切音「兀一」入聲。二切乃一聲之轉，古人四聲不拘。今霓音泥「ㄋ一」，由疑母變爲泥母。疑母「兀」，國音已廢。

康熙字典之等韻切音指南，列知徹澄娘於端透定泥之下，卽今舌上音，爲古舌端音所變。列非敷奉微於幫滂並明之下，卽輕脣音爲古重脣音所變，列照穿狀審禪於精清從心邪之下，卽舌葉音（助、壯、察）爲古齒頭音所變。以古音言之，知與端，徹與透，澄與定……本無分別。

說文：「銿，鐘或从甬。」甲骨學者，以「用甬庸等字，頗象古鐘。」蓋由用變而爲甬庸銿鏞，再變而爲鍾鐘，雖字形不同，其古音則皆讀東。戴侗曰：「用，宣篕文以爲鐘。一說。此本鏞字，象形，借爲施用之用。」在未借爲施用前，用卽鐘之本字。唐氏古樂小記：「鐘之歷史，繫於其上爲柄之甬，而甬卽是筩。說文：筩，斷竹也。故鐘始以竹爲之。」後改用金，故加金而爲銿爲鏞。銿鏞與鍾鐘同音，因遞變爲鍾爲鐘。參看說文徐箋。

爾雅釋文：「鼗本或作鞀同。」說文：「鞀或作鞉，又作鼗。」詩作鞉，書禮作鼗，月令作鞀。字異義同，古音亦同，皆讀刁ㄉ一ㄠ。今讀陶ㄊㄠ，端紐變爲透紐。今召兆又變照紐，讀「ㄓ」。

儀禮士相見禮：「上大夫相見以羔，左頭。」武威漢簡儀禮作左短。短恐爲脰字之誤。蓋脰頭短皆豆聲，音同而誤。今短，都管切，後世之變音。說文段注：「短，豆聲，當作从豆。从豆之意，與从矢同。」義證：「短豆聲不相近，聲字衍。」皆不知古音，而與說文立異。段注訂：「豆矢同意，不合六書。」段蓋求其說不得，而強爲之辭。

士相見禮：「奠贄再拜。」武威漢簡作：「鄭摯再拜。」奠鄭同音通用。金文鄭皆作奠。隸書奠字，亦有作鄭者。今鄭讀正「ㄓㄥˋ」，後世之變音。

孟子梁惠王下，引詩：「以遏徂莒。」詩大雅皇矣，作「以按徂旅。」按急讀爲遏。莒旅古皆讀魯，與祐下韻。

禮雜記：「大夫死於道，……載以蜃車。」孔疏：「蜃車與輲車同。」蜃輲古皆讀敦，音同通用。

毛公鼎銘：「金甬錯衡。」郭某「毛公鼎之年代」云：「金甬必屬于軶衡。」蓋以甬乃鐘之重文銿，因斷定金甬爲軶衡上之金鈴，亦即車上之鑾鈴。楊氏在「彔伯𢦾毁跋」，亦以爲：「金甬即車鈴。」濬縣辛村西周墓出土之銅鈴，形似鐘而小。甬鏞鐘古皆讀東。（羊子山戰國墓出土之鑾，長治分水嶺及信陽長臺關楚墓出土之編鐘，形皆相似。）

莊子逍遙遊：「彷徨乎無爲其側。」釋文：「彷，薄剛反。」知北遊：「彷徨乎馮閎。」釋文：「彷音旁，本亦作徬。」彷旁古均讀重脣音，故彷徨亦作徬徨、傍徨、旁皇，又作房皇。彷房皆方聲字，古音旁，（今彷彿之彷音仿ㄈㄤˇ，已由重脣變輕脣。）

王士正五代詩話：「詩中有字音平仄借讀者，既經前人用過，亦可據以諧律。」舉出杜牧詩，南朝四百八十寺，白居易詩，紅欄三百九十橋，十讀平聲等，許多前例。言「詩人皆隨方言入律，四聲遂無定位。」並以北地及吳人方言爲證。不知古人原不分四聲。故陳第於同一來字，有音釐、音意、音利、音力之不同。北地及吳人方言，乃古四聲不分之遺音。四聲始於沈約。梁書沈約傳：「約撰四聲譜，……高祖雅不好焉。嘗問周捨曰：何謂四聲。捨曰：天子聖哲是也。」顧炎武音論：「四聲之論，起於永明，而定於梁陳之間。」由是律詩興焉，歷隋唐五代，而音律綦嚴。但杜牧白居易等，尚不拘拘於此。豈必前人用過，始可據以諧律。崔顥黃鶴樓律詩，膾炙人口，且以不復返，對空悠悠則非但音律不受束縛矣。今日彷彿散文之白話詩，既無平仄，甚或韻亦無之。此雖受西詩影響，而律詩格律過嚴，亦有以致之。所謂物極必反也。（陸游老學庵筆記：「十轉平聲，可讀爲諶。」）

諶，今讀忱ㄔㄣˊ，古讀ㄉㄧㄣˊm。十古讀的。諶之入聲為的。九十橋，讀九諶ㄉㄧㄣˊm橋。

詩瞻彼洛矣箋：「爵弁服，紂衣纁裳也。」紂衣即緇衣。紂，从糸才聲。才古音緇。（今才讀ㄘㄞˊ，古無ㄞ母。）

國語韋昭注：「急疾呼茅蒐為韎也。」即茅蒐切，音韎。蒐，古音蘇夷切。即韎，茅夷切，音迷。今韎讀ㄇㄟ，古無「ㄟ」母。

周禮天官內司服：「展衣。」鄭玄云：「展衣，字當為襢，襢音亶。」台灣展讀亶。（今展讀斬ㄓㄢˇ，古無ㄓ母。）

顧亭林答李子德書：「雜卦傳：晉，晝也。明夷，誅也。孫奕改誅為昧，而不知古人讀晝為注，正與誅為韻也。」說文通訓定聲，晝誅注皆屬需部。拙著古音蠡測：「晝，狄救切。誅，都豆切。注，丁救切。」皆收音於「ㄡ」，屬幽部。

顧書又云：「古人讀舍為恕，與度為韻。」舍古音荼，恕古音奴。舍恕韻同聲異，顧說韻是而聲非。

顧書又云：「罘，扶之反，與時為韻。」罘古音鄙，重脣音。扶今讀輕脣，應云逋之反。

顧書讀後為戶，與武為韻。古音也。

顧書讀頭為徒，與於為韻。古音也。

顧書讀冶為墅，與叙為韻。墅古音無「ㄨ」，叙古音荼「ㄊㄨ」。

王引之經義述聞：「櫛笄，蓋櫛當讀為即。」與楊愼轉注古音略：「節音即」同。今櫛讀節ㄐㄧㄝ，古無ㄝ母。

莫古音暮。喪大記：「朝一溢米，莫一溢米。」莫同暮。說文：「莫，日在茻中。」日在草莽則暮矣。後人假莫為不可，於莫下加日作暮，而莫則改讀末「ㄇㄛ」。

儀禮士昏禮：「媵侍戶外。」注：「今文侍作待。」胡承珙云：「侍待古同聲，故二字互用。禮記襍記注，待或為侍。」侍待皆寺聲，古皆音低。

尚書大傳：「東方、動方。西方、鮮方。南方、任方。北方、伏方。……冬者，中也。」鮮古音西，南古音任ㄋㄧㄣm，北伏古皆音必，中古音多，皆同音相訓。

漢商山四皓歌，大與迤、飢、歸、志韻。漢初大字，尚讀齊齒音第「ㄉㄧ」。

儀禮士相見禮：「宅者在國。」鄭注：「今文宅或為託。」宅託同音通用。宅，从宀乇聲。託，从言乇聲。乇，古音度，讀端母。今宅讀蔗ㄓㄜˋ，古無ㄓ母。

焦氏筆乘：「濁古音獨。孟子滄浪之水濁兮。濁音獨，與足叶。」

老子道德經：「功成名遂身退，天之道。」道與守咎叶，屬幽韻。

詩二子乘舟，逝與害韻。逝害古皆收齊齒音「一」，屬支韻。今害讀亥ㄏㄞˋ，與逝不叶。蓋「ㄞ」由「一」變。

宋說文大家徐鉉，以為古韻失傳，不可詳究。予豈有大過人之處，獨能詳究說文古音，將之一一注出。此蓋由中國文字，用六書造成，結構優美，為古今中外各國文字之冠。故雖在數千年之後，古音之蛛絲馬跡，尚可尋覓。而且羅馬非一日所造成。自宋吳棫著毛詩補音及韻補，古音韻學已萌芽。故朱子云：「考古之功，始於才老。」惟初創難免錯誤。周春十三經音略，批評韻補：「合者十之七八，不合者十之一二。」朱子詩集傳叶韻，根據韻補。韻補既有不合，集傳叶韻，自不無可議。周春與盧抱經書：「吳才老深明叶韻，朱子取以叶詩。惜吳氏閩音，稍有牴牾。且拘唐韻以繩三百篇，頗為可議。」實則詩集傳叶韻，並非朱子手筆，是朱子門人所編注。朱子答楊元範書：「字書音韻，是經中一事，……但恨衰，無精力整頓得耳。」朱子無精力整頓音韻，所以委之門人。後來朱子之孫朱鑒，又將集傳叶韻，加以損益，以致不合愈多。周春與錢宮詹論毛詩叶韻：「朱子詩傳叶音，初委門人編注，後為公孫鑒所損益。元明坊本，又妄更張，非復朱子元書也。」至明代顧炎武著音學五書，其中韻補正一卷，為糾正韻補之作。顧氏又分鄭庠之古韻六部為十部。自是之後，清代古音韻家蠭起。江永分顧之十部為十三部，段玉裁分十七部，戴震二十五部，孔廣森十八部，王念孫、江有誥皆二十一部，嚴可均十六部，章炳麟二十二部，黃侃二十八部。莫不引經據典，言之成理。古音韻學至此，已如羅馬，美輪美奐，爲世名城，惜所分韻部，各執己見，莫衷一是。江永云：「顧炎武考古之功多，審音之功淺。」實則此乃歷代音韻家之通病，考古審音，雙管齊下，以彌縫其失，尚有待於後人。

段玉裁注說文解字，膾炙人口。考古之功，可謂深矣。而分鄭庠之支部，爲支、脂、之三部。晚年以書問江晉三云：「支脂之三韻，足下能知其所以分乎。僕耄老，倘得聞而死，豈非大幸。」段氏蓋至死不知此三韻之所以分。然猶知詢之晉三，求知其所以分。至戴震分鄭庠之支部，爲娃戹衣乙靄遏噫億八部，似乎但憑所見，任意加以分合，並未顧慮到，各部韻母，須韻韻皆能發音。以今國音讀之，八部只有「ㄝ、ㄜ、ㄧ、ㄞ」四個韻符。—戹音厄「ㄜˋ」，衣音依「ㄧ」，乙音以「ㄧˇ」，靄音矮「ㄞˇ」，遏音扼「ㄜˋ」，噫音衣「ㄧ」，億音「ㄧˋ」，而娃字今讀「ㄨㄚˊ」，屬麻韻。依戴氏當爲衣街切，音邪「ㄧㄝ」。—而此四個韻符中，有三個韻符「ㄝ、ㄜ、ㄞ」，皆爲後世變音。段氏求三韻之所以分，且不可得，況八韻乎。孔廣森、嚴可均，分支部爲三部，王念孫分爲五部，江有誥分爲四部，章炳麟分爲六部，黃侃分爲八部，恐亦皆爲紙上空談，能筆之於書，不能宣之於口，與段氏至死不知其所以分無異。講音韻而不能發音，此自宋以來音韻家一大缺點。惟此亦時代使然，無足深怪。因爲當時旣不諳羅馬字母注音，亦無注音符號。

二

海與母，古皆讀米。詩沔水：「朝宗於海」，海與止友母韻。老子道德經第十七章：「漂兮其若海。」海與止以鄙母韻，皆收齊齒音「一」。說文：「海，从水每聲。」「每，从屮母聲。」陳第云：「母音米。」

稽，同䭫、䭫。䭫，古讀牙音。廣韻分屬平聲齊韻，古奚切；及上聲薺韻，康禮切。玉篇注：「苦禮切。」漢書，諸侯王表第二：「厥角䭫首。」注：「師古曰，䭫，音口禮反。」古、康、苦、口，皆屬牙音「ㄍ、ㄎ」。說文通訓定聲，以旨聲十六字，入匕聲，誤。旨聲字，又讀舌端音砥。

日知錄：「之於爲諸。」之於二字，急言之則爲諸。古音「之」讀低。「於」讀汙。於戲之「於」，今猶讀汙，不讀余。低汙二字，急言之則爲都。故諸字，古音都。諸亦爲「之乎」二字之合音。如有諸？即有之乎？低乎切，音都。

惠棟後漢書補注，班固傳：「伶抹兜離。兜離猶侏離，古聲兜侏相近。」又：「侏，古音兜『ㄉㄡ』。」兜、侏，古音相同，非相近。

宋岳珂，刋正九經三傳沿革例：「有吳音爲字母而反切者。沈氏、徐氏、陸氏，皆吳人，故多用吳音。如以丁丈，切長字。丁仲，切中字。是切作吳音也。」吳音爲吳太伯時，傳入吳，是殷代讀音，最可寶貴。

岳珂又云：「蒲之爲扶，補之爲甫，邦之爲方，旁之爲房，鋪之爲孚，……是以吳音爲切也。」今扶、甫、方、房、孚等輕脣音字，殷代皆讀重脣音。古無輕脣。於此可見。

岳珂又云：「征之爲丁，惕之爲飭，敵之爲直。」今征、飭、直之聲母，皆爲舌葉音「ㄓ、ㄔ」。殷讀丁、惕、敵，舌端音「ㄉ、ㄊ」。有岳珂此一沿革例，益自信予所攷定者，無誤。

宋楊伯嵒九經補韻：「假，更白切，音格。區，古侯反。介，古賀反。拘，古侯反。」假、區、介、拘，今讀舌上音「ㄐ、ㄑ」，古讀舌根音「ㄍ」。補韻又云：「發，補末切。樊，步干切。方音罔。封，彼驗反。」發、樊、方、封，今讀輕脣音「ㄈ」，古讀重脣音「ㄅ、ㄇ」。補韻又云：「稅，他外反，又他喚反，又土活反。追音退。適，讀爲敵。說即脫。」稅、追、適、說，今讀舌葉音「ㄕ、ㄓ」，古讀舌端音「ㄉ、ㄊ」。補韻又云：「勿音沒。昔讀爲錯。弓人：『欲朱色而昔昔也者』，並音錯。樂記：『橫以立武』，橫，古曠反。侗按明堂位注：『中足爲橫距之象』，詩閟宮箋：『其制，足間有橫』，並音桄。來，力兮反。攷證：『隱公五年，登來之也。』禮記大學注，引作登戾之。詩思文：『貽我來牟。』漢書劉向傳，引作貽我釐麰。來戾釐三字，古音並同。」勿、昔、橫、來，古讀沒、錯、桄、釐。

洪範：「惟天陰騭下民。」史記，騭作定，同音通用。騭，古音狄，定狄一聲之轉。定急讀爲狄，古四聲不分。

陸游入蜀記：「蕪湖，至東晉乃改名于湖。」蕪于同音，古皆讀蕪「ㄨ」，東晉時，于猶讀蕪，不讀魚。

說文：「哀，从口衣聲，烏開切。」開，古音「ㄎㄧ」。烏開切，音衣。今開改讀揩「ㄎㄞ」，故烏開切，音挨「ㄞ」。此古今音變之一大原因。

史記游俠列傳：「陽翟薛兄。」索隱：「兄音況。」況，从水兄聲。兄、況，古皆讀荒。陳第云：「兄音荒。」

史記匈奴列傳：「獻橐他一匹。」他、駝，音同通用。漢時，他讀駝，不讀塌「ㄊㄚ」。古無張口音「ㄚ」。

列子黃帝篇：「遻物而不慴。」張注：「遻音忤。」張衡思玄賦：「幸二八之遻虞兮。」遻音誤。忤、誤，古皆讀「ㄫㄨ」，疑母「ㄫ」。又云：「攩拟挨抌。」張注：

「抌，丁感反。」音膽「ㄉㄢ」。抌、沈，皆冘聲字，今沈音陳、音審，乃後世之變音。湯問：「淡淡焉。」張注：「淡音黯。」又「汝何蚩而三招予。」注：「招又音黠。」又：「夏革。」注：「革音棘。」又：「江浦之間生麼蟲。」注：「麼，亡果切。」力命：「與鮑叔賈。」注：「賈音古。」周穆王：「其下趣。」注：「趣，音走。」又：「御而擊之。」注：「御音訝。」張注皆古音。惟招音黠，聲是而韻非。招古音刁，豪韻。史記索隱：「啖，唐敢切。」炎聲字，漢已有改讀舌端音者，故淡，今讀但「ㄉㄢ丶」。

荀子議兵篇：「案角鹿埵。」楊倞注：「埵，丁果反。」音朵。埵，从土垂聲。唾，从口垂聲，湯臥反。垂聲字，古聲母讀舌端音丁「ㄉ」、湯「ㄊ」。今垂讀舌葉音錘「ㄔㄨㄟ」，後世之變音。

儀禮喪服子夏傳，黎庶昌按：「鄭氏注云：『布八十縷爲升。』升字當爲登。登，成也。」升古音登，同音通用。

說文：「柮，从木出聲。」玉篇：「柮，當骨切。」辭源：「當沒切。」辭海：「都忽切。」當都皆端母「ㄉ」。出，古音篤「ㄉㄨ」，今讀初「ㄔㄨ」，穿母「ㄔ」，變音。

說文：「年，从禾千聲，奴顚切。」顚，古音ㄉ一ㄣ，奴顚切，音您「ㄋ一ㄣ」。後世顚改讀滇ㄉ一ㄢ，以致奴顚切，切成拈ㄋ一ㄢ。說文通訓定聲，年列入坤部人母，今變爲先母。殷墟文字，古籀補、金文編，百餘年字，多从禾人聲。惟古鉥金年，及曾伯簠年，从禾千聲。說文繫傳：「千，从十人聲」，則千字，古亦讀您。此因切語下一字之讀音變，以致切出之音韻，亦隨之而變。

阮元儀禮石經校勘記：「昬禮下達，昏字本作昬。作昏者，避太宗諱。說文昏字，唐人所改。」引劉熊及尹宙碑作昬，劉曜碑作婚爲證。則昏母十四字，(說文通訓定聲)皆當移入民母。說文段注：「昏，一曰昬聲。此四字蓋淺人所增，非許本書，宜刪。」繩以阮記，則此四字，當求唐以前說文古本，始能確定是否爲淺人所增。

焦氏筆乘：「澤，今在陌押，而古皆音鐸。無衣云：『與子同澤』，下韻『與子偕作。』郊特性：『草木歸其澤』，上韻爲『水歸其壑，昆蟲無作。』」澤、鐸，皆睪聲字。睪，古音妒，與作、壑，古音，皆屬模部。

商山四皓紫芝歌：「其憂甚大。」大與迤、飢、歸、志韻。則漢初大字，尚收齊齒音「一」，讀地，不收張口音「ㄚ」。

史記厤書：「百草奮興，姊歸先嘷。」索隱：「子規春氣發動，則先出野澤而鳴。

」姊歸即子規，音同通用。姊、子，古皆讀子里切，音「ㄗㄧ」、「tsi」。

詩車攻：「允矣君子。」禮緇衣，作「允也君子。」矣、也，音同通用，古皆音移「ㄧ」。

詩濕桑：「心乎愛矣，遐不謂矣，中心藏之，何日忘之？」愛與謂韻。藏與忘韻。古音「愛」，古毅切，音「ㄍㄧ」。

古詩十九首：「青青陵上柏」，柏與石、客、薄、洛、索、宅、尺、迫韻，古皆收合口音「ㄨ」，屬模部。以今音讀之，絕不能協。

宋白玉蟾，早春詩：「南枝纔放兩三花，雪裏吟香弄粉些。」些，古音娑。玉篇：「些，息箇切。」與花，古音貨韻。

馮煖彈鋏歌，乎、且、魚、家，四字，古皆收合口音「ㄨ」，屬模部。史記滑稽列傳：「甌窶滿篝，汙邪滿車。五穀蕃熟，穰穰滿家。所持者狹，而所望者奢。」車、家、奢，古亦皆收合口音「ㄨ」，屬模部。今「乎」等六字，分屬模、麻、魚三韻，以後世增張口音「ㄚ」麻，及促口音「ㄩ」魚之故。以今音讀此二歌，絕不能協。

禮深衣：「要縫半下」，與「短毋見膚，長毋被土」，膚土韻。因「下」，古音戶。

李淸照秋情詞：「怎一個愁字了得？」「到黃昏點點滴滴。」得與滴韻。松陽方言，「了得」言「了滴」。得古音滴。

滿洲源流考，部族：「滿洲本滿珠，二字皆平讀。我朝光啓東土，每歲西藏獻丹書，皆稱曼殊師利大皇帝，又作曼殊室利大敎主。當時鴻號肇稱，實本諸此。」洲、珠、殊，古皆屬幽部。洲，古音狄由切，音「ㄉㄧㄡ」。珠、殊，皆朱聲字，古音兜「ㄉㄡ」。滿、曼，亦同音異譯。

約字古今音，凡三變。漢書高帝紀：「要束。」注：「要亦約。」周禮釋文：「約，於妙反，音要，嘯韻。」一也。玉篇：「約，於妙、於略二切。」佩文詩韻：「約，藥韻，於略切。」二也。此二變，蓋一聲之轉，要急讀爲曰「ㄩㄝ」。實則，約，古音釣。屬端母。玉篇二切，已失去聲母。漢書禮樂志：「治本約。」約與燿韻，燿音要，嘯韻。今讀於略切，音「曰」，去古遠矣。

蘇軾放鶴亭記：「鶴飛去兮，西山之缺。」缺，古密切，音「ㄍㄧ」。與適、翼、擊韻，皆收音於「一」。又「其餘以汝飽。」飽，步侯切，古音「ㄅㄡ」，屬幽韻。與「西山不可以久留」，留字韻。

易雜卦傳：「无妄，災也。萃聚而升不來也。謙輕而豫怠也。」災，古音緇。來，古音梨。怠，一作抬。與上文起、止、始、時，皆屬支部，而四聲不同。

古四聲不分，今猶有存者。如醒，西經切，平聲。音星，青韻。洗頂切，上聲，音省，迥韻。細徑切，去聲，音性，徑韻。一醒字，而有平上去三聲。

詩斯干：「式相好矣，無相猶矣。」好，古音吼，與猶韻。松陽好讀吼。

說文：「酢，从酉乍聲，倉故切。」音醋「ㄘㄨˋ」。隋書「盌飯三升酢，不見崔弘度。」酢為醋之本字。「古音蠡測」乍聲字，則故切，音駔「ㄗㄨ」。醋駔同類雙聲。

取慮縣，後漢書地理志，顏師古注：「取，又音秋。」與「古音蠡測」取字，列入幽韻，同。

天，古讀電因切，音「ㄉㄧㄣ」、「tin」，眞韻。西亞蘇末，泥磚上楔形文字，天作个讀「Dim」、「ㄉㄧㄣm」，與我國天字古音相近，惟收脣音「m」略異。趙尺子先生，以古籍及蒙語，證明中蘇文字，音義相同者，五十餘字。英牛津大學教授巴爾氏，著「中文與蘇末文」一書。其中僧守溫聲紐，見母字，蘇末多讀舌根音—牙音「ㄍ」，與「古音蠡測」所考定者同。中蘇相去甚遠，何以偶合如此？豈蘇末人由中國西徙，抑中國人由西亞東來？印度文化，與蘇末文化，亦有近似處，說者以為由蘇末而來。蘇末文化，較埃及尤早，在西元前五世紀，已在西亞兩河流域，開其端矣。

中國文字，部份重唇音，變爲輕唇音。印歐語系亦然。如梵文及古波斯文，父字pitar，及希臘、拉丁文，父字pater，皆讀重唇「ㄅ」、「ㄆ」。而德文父字vater，及英文父字father，皆變爲輕唇音「ㄈ」、「v、f」。中西字音嬗變，有不約而同者。殆由口舌發音之進化順序，有如此者歟？

窗字，今讀唐韻，瘡「ㄔㄨㄤ」。雙字，今讀唐韻，霜「ㄕㄨㄤ」。（佩文詩韻屬江韻）古窗雙二字，均屬東部。焦氏筆乘：「前漢詩：『當曙與未曙，百鳥啼前窗。獨眠抱被歎，憶我懷中儂。單情何時雙？』窗，粗叢切。雙，疏工切。用韻甚古。」蓋窗，古音聰。雙，古音松。故與儂韻。（中華新韻，有十六唐。）

台灣「他」言伊。李後主喜遷鶯詞：「片紅休掃儘從伊。」伊即它。（太倉州志：「吳語指人曰伊。」）

蘇、滬，你言儂。漁父詞：「世上如儂有幾人？」稱漁父爲儂。松陽「人」言儂。通俗編，稱謂：「隋煬帝詩，箇儂無賴是橫波。」松陽「此人」，言「箇ㄍㄜ儂」。「何人」言「那ㄋㄚ儂？」吳人自呼曰阿儂，亦曰我儂，儂即我。伽籃記，異苑：「登阿儂孔雀樓。」紅樓夢：「儂今葬花人笑癡。」皆自稱爲儂。儂字有你、我、人，三義。

今飼、死，皆音「ㄙ」，收音於「ㄭ」。松陽飼雞，言「ㄙㄧ」雞。台灣死言「ㄙㄧˇ」，皆收音於「ㄧ」，古音也。

止今音「ㄓ」，台灣止言底「ㄉㄧˇ」。亦端母「ㄉ」變照母「ㄓ」之一證。

陸放翁詩：「洗釜煮黎其。」自註：「蜀人名豆腐爲黎其。」天祿識餘：「豆腐，古稱黎其。」或作來其。黎、來，古皆讀梨，同音通用。

蘇州大讀如杜。松陽大讀馱，馱音駝。皆不讀張口音「ㄚ」。

松陽呼鳥爲弔兒（音呢）。徐珂更清稗類鈔：「麻雀，馬弔之音轉也。吳人呼禽獸如刁。則麻雀之爲馬弔，已確而有徵矣。」是吳人亦呼鳥爲弔或刁。如何？松言爭（上聲）。詩：「雲臺爭比釣臺高？」唐詩多用爭（宋元用怎）。松陽去言科「ㄎㄜˋ」，長沙、邵陽等處亦然。皆爲溪紐，剛聲「ㄎ」。

松陽呼柚爲泡「ㄆㄠ」。范成大桂海虞衡，花木誌：「泡花，南人或稱柚花。泡，一作拋。」成大，宋吳縣人。稱柚爲泡或拋，乃吳音。

台灣痔言地。疑言「ㄫㄧˊ」。解除之除，言塗。至言底。皆古音。

青田人，下讀戶「ㄨˇ」，馬讀母「ㄇㄨˇ」，雅讀「ㄫㄨˇ」，寡讀古「ㄍㄨˇ」，野讀「ㄧㄨˇ」，午讀「ㄫㄨˇ」，與松陽方言同。浙南方言，保存之古音頗多。蓋晉宋南渡，國都在蘇浙，中原渡江名士，多流寓於此。

好，今讀毫上聲「ㄏㄠˇ」。台灣讀「ㄏㄜˇ」，歌部。松陽讀吼「ㄏㄡˇ」，幽部。史記箕子麥秀詩：「不與我好兮。」好與「禾黍油油」油字韻，正是幽部。可知松陽好字讀音，是殷箕子時古音。予始遷祖諱儉，於東晉時，任栝蒼太守，遂家於松陽。此地僻處栝蒼山中，交通不便，語言未變晉時音。儉公高祖諱望，於東漢建安中，由河南南陽，遷江蘇句容。極本窮源，松陽方言，爲東漢時語音，傳之於殷代者？

元周德清之「中原音韻」，平聲字，分陰平陽平。今國音亦有兩平。明范善臻之「中州全韻」，分去聲爲陰陽。王鵕之「音韻輯要」，分上聲爲陰陽。彙苑詳註：「曲者詞之變。大江以北，漸染北語，隨時採入。而沈約四聲，遂去其一。」北語闕入聲也，入聲亦有陰陽。松陽每字讀音，皆有四清四濁。清爲陰，濁爲陽。有陰即有陽，此乃天籟。非但聲然，天地萬物莫不然。一部易經，陰陽二字，包羅萬象矣。

台灣話「遊玩」，音似剃頭。初到台灣的人，對這句話，很感興趣，最先學會。遊玩怎麼說做剃頭呢？原來剃頭是彳亍二字的古音。說文：「彳，小步也。亍，步止也。」彳亍即緩步而行，行而又止之意。說文部首訂：「彳，行較緩。」說文句讀：「射雉賦，彳亍中輟。徐爰曰：彳亍，止貌。張銑曰：行貌。中少留也。然則，自是行中輟，乃謂其中道忽止也。」各說都和說文義同。遊山玩水的人，走走停停。所以台灣人，稱遊玩爲彳亍。

說文義證：「趙宧光云：彳亍，方言讀剔禿。猶蹢躅之方言，讀笛獨類也。」剔禿和剃頭，讀音不是很接近嗎？今國音彳亍，讀舌葉音啻「ㄔˋ」觸「ㄔㄨˋ」，這正和拙著「古音左證」，證明現在的舌葉音「彳」（僧守溫的穿紐），古人原讀舌端音「ㄊ」（僧守溫的透紐）。所以彳亍，今讀啻「ㄔˋ」觸「ㄔㄨˋ」，古讀剔「ㄊ一」禿「ㄊㄨ」。我相信，這句台灣話，是很古的了。

彳亍義近蹢躅，又作躑躅。（躑同蹢。）今皆讀「直ㄓˊ竹ㄓㄨˊ」。松陽方言，形容行路聲，爲笛獨笛獨「ㄉ一ˊㄉㄨˊ」，和說文義證所言無異，讀舌端音「ㄉ」（僧守溫的端紐）。彳亍古讀剔禿，今讀啻觸。蹢躅古讀笛獨，今讀直竹。都是由古舌端音，變爲今之舌葉音。而端透二母，是同類雙聲。可能彳亍即蹢躅，松陽這句話，也是很古的。

三

岱員，仙島名。台灣爲岱員之音轉。員，古音灣，見「古音蠡測」。列子湯問：「渤海之中有五山，一曰岱輿，二曰員嶠。」台灣不在渤海。但取首二字以名之，亦未可知？台灣古名夷洲，隋以後稱流求、留仇、琉球等，明代稱台員，台灣。

李則芬，文史雜考：「公元六九四年，哈查芝，推薦其部將庫底巴 Kutayba。亦譯屈底波。」Ku譯庫，或屈「ㄎㄨ」。「K」「ㄎ」皆爲牙音。日本屈讀「哭茲」，亦牙音。今屈讀驅「ㄑㄩ」。古牙音「ㄎ」，今變舌上音「ㄑ」。

忠心，松陽言ㄉㄧㄛ兀心。忠讀舌端音「ㄉ」，不讀舌葉音「ㄓ」。閩語，中，言ㄉㄧㄛ兀。

歸來，松陽言歸梨。孟子：「盍歸乎來。」陶淵明：「歸去來兮。」來皆語助詞。

啜得來，啜弗來，講得來，講弗來，松陽方言，來皆讀梨。古音也。後世來改讀萊「ㄌㄞ」，急讀爲啦「ㄌㄜ」。元曲，竇娥冤：「都是你孩兒來。」來讀啦。

八伯歌：「明明上天。」天，古音「ㄉㄧㄣ」，眞韻，非先韻。與下文「爛然星陳」之陳，「弘于一人」之人叶。詩何人斯，天與陳、身、人韻。八伯，虞舜時人。

晉樂府，子夜歌：「約眉出前窗。」窗字與下文「小鳥罵東風」風字韻。窗，古音粗叢切。前漢詩：「百鳥啼前窗」，窗字與「憶我懷中儂」儂字叶。漢、晉窗字，皆讀東韻。子夜歌：「故使儂見郎」，「郎來就儂嬉」，儂訓我。唐書南蠻傳：「西原蠻首領有儂氏，儂金意等。」或云：「南人自稱爲儂，因以爲姓。」吳人自稱阿儂。

唐李邕葉有道先生神道碑：「榮歿寵今，永憲江南。」南與今韻。唐時，南猶讀尼審切，音「ㄋㄧㄣm」，侵韻，收脣。

魯陶嬰，黃鵠歌：「七年不雙」雙，江韻。「不與衆同」，「想其故雄」，同、雄，東韻。此段玉裁所云：「江韻古同東韻。」黃鵠歌：「獨宿何傷」，「泣下數行」，「死者不可忘」，「況於貞良」，傷、行、忘、良，皆陽韻。故鄭庠古韻六部，東部包江東陽三韻。此歌「想其故雄」以上，爲古東韻，以下爲陽韻，亦可謂由東轉陽。

伍員奔吳，漁父歌：「白日昭昭兮寖已馳，與子期兮蘆之碕。」說文無碕字。自廣韻以下，碕皆音奇。與馳叶。古音，馳音佗，奇音可，與下文「日已夕兮，予心憂悲。月已馳兮，何不渡爲？事寖急兮，將奈何？」之爲何，二韻叶。因「爲」，古音俄，與馳、碕皆屬歌韻。如馳、碕、悲、爲，皆讀支韻，則「何」字不入韻。最後一字不入韻，恐無此格？

吳王夫差小女紫玉歌：「羽族之長，名爲鳳凰。一旦失雄，三歲感傷。雖有衆鳥，不爲匹雙。」雙，江韻。長、凰、傷、……皆陽韻。雄，東韻。江、陽、東，三韻合用，與鄭庠古韻六部之東部合。

漢樂府曲，相逢行：「道狹不容車」之車，與「夾轂問君家」之家韻。古音車、家，皆讀姑。今車讀居，或轍，則不能叶。說文拈字：「車，古音居，漢魏以後，音變爲轍。」居，从尸古聲。姑，从女古聲。居姑二字，本同音。今居音拘，變音也。車字讀音，一變再變，而家字讀音，亦由姑變爲加「ㄐㄧㄚ」。今人讀古人書，不明古音，格格不入矣！

蔡文姬白頭吟，「爲」與淒、啼、雞、萋等齊、支二韻字同用。漢代歌韻字「爲」，已雜入支、齊韻。古今音變在何時，可於歷代有韻文中求之。淒、啼，今屬齊韻。離、萋，今屬支韻。文姬時，支、齊不分。

松陽方言，平去二聲字，讀音多與通常相反。如「芝」平聲字，讀音與去聲「寄」字同。「妄」去聲字，讀音與平聲「忙」字同。陸法言切韻敘：「梁、益，則平聲似去。」則不但松陽爲然。但松陽有少數字，卻與通常無異。如「之、詩、花、……」等字讀音，松人反疑爲誤讀去聲。——芝，从艸之聲。松陽方言，「芝、之」二字，之讀平，芝讀去，芝變而之未變。——此殆因古四聲不分之故歟？松陽縣志，方言：「松陽語言，皆平聲讀去聲。去聲讀平聲。虞韻讀歌韻。歌韻讀虞韻。」此文「皆」字未妥。古無促口音。虞韻古不收音於于「ㄩ」。虞、歌二韻，鄭庠之古音六部，本合而爲魚「ㄨ」部。蓋古虞韻收音於烏「ㄨ」，歌韻收音於喔「ㄛ」，音極相近。至明顧炎武以後，始分爲二。

吳槐閩南語音之研究：「妹，門第切。」與「古音蠡測」未聲字讀迷「ㄇㄧ」者合。

孟子見梁惠王，所引「經始靈臺」詩，不但經之營之「營」字，與不日成之「成」字叶韻。「經始勿亟」以下，至「於牣魚躍」，亦皆叶韻。「古音蠡測」考定：「之，古音低，來音梨，伏音逼，古皆收音於『一』。四聲不分。屬支部。濯、躍，古皆音悼『ㄉㄠ』。鶴音毫『ㄏㄠ』。沼音刁『ㄉㄠ』。古皆收音於『ㄠ』，屬豪部。」以今音讀之，亟、來、伏、濯、鶴、沼、躍，皆不叶韻。不能朗朗上口矣！

台灣產柳丁，此丁字，即橙字古音而略變者。說文：「橙，从木登聲。」閩語橙言丁，故以柳橙爲柳丁。登「ㄉㄥ」，開口音。閩語丁「ㄉㄧㄥ」，變爲齊齒音。今國語，橙音成「ㄔㄥˊ」，或陳「ㄔㄣˊ」。則聲韻俱變，由端母變爲穿母「ㄔ」。今凳，从几登聲，丁鄧切，音澄「ㄉㄥˋ」。凳，俗作櫈，通橙。古人席地而坐，宋始有橙。以其像几，故加几作櫈。橙音成「ㄔㄥˊ」，殆始於元？說文有橙字，無凳字。

顧炎武曰：「荼荈之荼，與荼苦之荼，本是一字。古時未分麻韻，荼荈字亦只讀爲徒。東漢以下，乃音宅加反，而加字音居何反，猶讀在歌韻。梁以下，始有今音，又妄減一畫爲茶。」言茶字由讀虞韻之徒，一變而讀歌韻，再變而讀麻韻。其時代，則東漢以前讀虞韻，以後讀歌韻。梁以後讀麻韻。茶字讀音凡三變，故鄭庠古音六部之魚部，包虞、歌、麻三韻。松陽方言，虞韻讀歌韻，乃秦、漢以後，梁以前之古音。

萬震，南州異物志贊：「合浦之人，習水善游。上視層潭，如猿仰株。」以今音讀之，游與株不叶。故誤以爲游，叶衣虛切，音於。不知株，古音兜「ㄉㄡ」，原與游叶，皆在幽部。

大戴禮杖銘：「惡乎危，於忿懥。惡乎失道，於嗜欲。惡乎相忘，於富貴。」以今音讀之，韻不叶。道，古音丟「ㄉㄧㄡ」，欲，古音垢「ㄍㄡ」，皆屬幽部「ㄡ」，而危、懥、貴，皆屬支部「ㄧ」。是隔句用韻。詩，文王有聲，欲與孝韻，亦屬幽部。孝，古音候「ㄏㄡˋ」。

說文：「笛，从竹由聲。」徐鍇曰：「笛，當从胄省，乃得聲。徒歷切。」音滌。徐說乃後世之變音。笛、胄，古皆延秋切，音由。周禮春官笙師：「掌敎龡篴。」說文無篴字。篴，篆作笛。篴，从竹逐聲。說文段注：「由與逐，皆三部聲也。古音如逐。」段氏古音十七部之三部爲尤部。尤、由皆幽部。段氏謂：「今音徒歷切。」何時改讀滌？則最遲當在東漢。轉注古音略：「逐音滌，班固讀。」固，東漢人。

連橫，台灣語典自序：「台灣之語，傳自漳、泉。而漳、泉之語，傳自中國。……且有出自周、秦之際，又非今日儒者之所能明。」連氏知台語有周、秦古音。

殷盤，爲盤庚遷都訓話。殷民安土重遷，自奄遷殷，須渡黃河。（奄今曲阜，殷今安陽。）未免怨望。盤庚遷都前後，反覆開諭，用當日流行之方言。在當時甚易明瞭。在後世，則佶屈聱牙，不易解矣！此語文歷久，變爲古文，爲周代之雅言者。

四

松陽通濟堰，又稱官圳，圳字由く字演變而來。說文：「く，小水流也。周禮，匠人為溝洫，廣尺深尺謂之く 姑泫切。⿰田巛，古文く，从田从川。畎，篆文く，从田犬聲。」犬 苦泫切。姑泫之泫，今音「ㄒㄩㄢ」，古音「ㄏㄧㄣ」。姑泫切，音「ㄍㄧㄣ」。苦泫切，音「ㄎㄧㄣ」。錢玄同古音表中，黃侃之先部，即鄭庠等之眞部。犬，今音「ㄑㄩㄢˇ」，銑韻，屬先部，古與眞部同韻「ㄣ」。故犬，古音「ㄎㄧㄣ」，與今音迥異。六書故：「⿰田巛，今作圳。」⿰田巛同甽。說文段注：「甽，田之川也。」即田間溝洫。觚賸：「圳，通水之道。」水道或不在田間，故甽改而从土為圳。松言圳為怨「ㄩㄢˋ」，與今犬音「ㄑㄩㄢˇ」同韻，僅失去聲母「く」，上聲改讀去聲為異。總之，圳，由く，⿰田巛、甽、畎而來，義同音異。古音讀「ㄍㄧㄣ」或「ㄎㄧㄣ」，眞部。今音讀「ㄐㄩㄢˋ」或「ㄑㄩㄢˇ」，先部。聲母由「ㄍ、ㄎ」變「ㄐ、ㄑ」。介母由「ㄧ」變「ㄩ」。

松陽縣志堰字，松人皆言怨「ㄩㄢˋ」。由齊齒音之堰「ㄧㄢˋ」，變為促口音之圳「ㄩㄢˋ」。蓋古無促口音「ㄩ」。今促口音字，皆齊齒音「ㄧ」及合口音「ㄨ」所變。惟犬，松言淺「ㄑㄧㄢˇ」，未變促口音。此一圳字變音，齊齒「ㄧ」變促口「ㄩ」。牙音

「ㄍ、ㄎ」，變舌上音「ㄐ、ㄑ」。及眞部「ㄣ」韻，變先部「ㄢ」韻。皆與古今音變例脗合。

說文：「ㄑ，姑泫切。犬，苦泫切。」甽爲ㄑ之篆文，何以切語上一字，有姑苦之別？曰：姑，从女古聲。苦，从艸古聲。皆古聲字。後世分爲牙音，見「ㄍ」、溪「ㄎ」二聲母，音韻家所謂同類雙聲，互相變也。

ㄑ、犬、泫等字，何時由眞部變爲先部？曰：史記陳恒作田常。古田與陳同音「ㄉㄧㄣ」，眞部。春秋時，當無先部。隋陸法言切韻，有眞先二部。最遲當在隋代。隋以前韻書無存，無可攷矣！明鄭庠古韻分六部，至清季章太炎等十大音韻家所分韻部，皆無先部。先字古讀莘「ㄙㄧㄣ」，不讀仙「ㄙㄧㄢ」。此亦古今音變之大者。

清陳澧四十聲類之莊、初、牀、疏，吾辨明其與照、穿、神、審重出。而「爲」類則可增入守溫之三十六母中。蓋「影、喻、爲」三類字，皆無聲母者也。錢玄同以「烏」爲「影」之音標，「以」爲「喻」之音標，「于」爲「爲」之音標。似不如以「以」爲「影」之音標，「于」爲「喻」之音標，「烏」爲「爲」之音標，較爲切合。陳澧以「爲」爲三等合口呼聲母。則二等齊齒呼「影」，四等促口呼「喻」音標，正是「以ㄧ烏ㄨ喻ㄩ」三介母。皆有清有濁，而「喻」不必爲「影」濁。成爲唐以後之三十七類。

守溫三十六母，影、喻二母字，除有介母「ㄧ、ㄨ、ㄩ」者外，尚有既無聲母，亦無介母者十九字。說文諧奧聲者，有澳、燠、……等六字。諧安聲者，有按、案等十一字。如奧字烏ㄨ到切，音傲「ㄠ」，並非「ㄨ」母。安字於ㄩ寒切，音庵「ㄢ」，亦非「ㄩ」母。

廣韻切語，影類十八字，喻類十二字，爲類十四字，—從守溫喻類分出—共四十四字，皆無聲母。如以今音分類，則於ㄩˊ、紆ㄩ，當入喻類。握ㄨㄛˋ、烏ㄨ，當入爲類，但皆列入影類。夷ㄧˊ、以ㄧˇ、羊ㄧㄤˊ、弋ㄧˋ、翼ㄧˋ、移ㄧˊ，當入影類，又皆入喻類。于ㄩˊ、羽ㄩˇ、云ㄩㄣˊ、雲ㄩㄣˊ、永ㄩㄥˇ、遠ㄩㄢˇ、筠ㄩㄣ，當入喻類，卻入爲類。似雜亂無章？蓋守溫以「喻」爲「影」濁，不知等呼，—等呼始於宋—但分清濁。故影類於、紆、握、烏皆清聲。喻類夷、以等六字，及爲類于、羽等七字，皆濁聲，秩然有序。

高本漢遇攝之虞韻，元音「u」、即「ㄨ」。魚韻二、三、四等，元音「o」、即「ㄛ」，皆非促口音「ㄩ」。以唐時尚無促口音，故守溫無「爲」母。—台灣方言，至今尚無促口音。凡「ㄩ」音字，非讀「ㄨ」，即讀「ㄧ」音。—趙元任以「高本漢所謂古音，是隋、唐時代中古音。」守溫三十六母，並無欠缺。錢玄同謂：「模ㄨ韻變爲魚ㄩ韻。」此外齊ㄧ齒亦有變爲促ㄩ口者。

尚書茲字，論語檀弓多作斯，大學作此。時代不同，而語音異。爾雅：「茲、斯，此也。」音雖異而義同。茲音「ㄗ」，斯音「ㄙ」，此音「ㄘ」，皆齒音。慈，从心茲聲，不讀茲而讀磁「ㄘˊ」。紫，从系此聲，不讀此而讀子「ㄗˇ」。茲，从艸絲聲，不讀絲而讀資「ㄗ」。何也？同類—齒類—雙聲，互相變也。

棖，从木長聲。古音德艮切，讀棠。故孔子弟子申棖，亦作申棠、申黨。音同通用。今棖讀成「ㄔㄥˊ」，聲韻皆變。

宋黃柏思曰：「屈、宋諸騷，皆書楚語，作楚聲，紀楚地，名楚物，故謂之楚辭。」屈原、宋玉等，雖爲楚人，自有周南召南之化，南方楚地，漸同化於華夏。屈原招魂辭曰：「湛湛江水兮上有楓。目極千里兮傷吾心。魂兮歸來哀江南。」以楓、心、南，爲韻。以今音讀之，楓，東韻。心，侵韻。南，覃韻。如何能協？而周代古音韻，楓讀彬「ㄅㄧㄣm」，心讀「ㄙㄧㄣm」，南讀「ㄋㄧㄣm」，皆屬侵部。屈原用周代古音韻，乃夷而進於中國者也。黃說不盡然。

琅邪刻石：「六合之內，皇帝之土。西涉流沙，南盡北戶。東有東海，北過大夏。人迹所至，無不臣者。」夏與土、戶，者韻。陳第云：「夏音虎。」不音下「ㄒㄧㄚˋ」。詩四月、宛丘，及禮孔子閒居等，夏字，皆讀模韻，虎「ㄏㄨ」，不讀馬、禡韻，下。琅邪刻石爲秦文，是秦時，夏尚不讀張口音。「無不臣者」之者，古讀都，故與土、戶、夏協。唐詩：「前不見古人，後不見來者」之者，讀都，吾已一再爲之辨明矣！

古音鱗爪一、二、三、四各節，皆予信筆所記，以與拙著「古音蠡測」相印證。今年已耄，未能爲之分類矣。

葉夢麟于台北

甲子春
時年九十

中華語文叢書
松陽方言攷（附：古音鱗爪）

作　　者／葉夢麟　著
主　　編／劉郁君
美術編輯／中華書局編輯部

出 版 者／中華書局
發 行 人／張敏君
行銷經理／王新君
地　　址／11494 台北市內湖區舊宗路二段181巷8號5樓
客服專線／02-8797-8396　　傳　　真／02-8797-8909
網　　址／www.chunghwabook.com.tw
匯款帳號／兆豐國際商業銀行　東內湖分行
　　　　　067-09-036932　中華書局股份有限公司

法律顧問／安侯法律事務所
印　　刷／維中科技有限公司　海瑞印刷品有限公司
出版日期／2015年11月台二版一刷
版本備註／據1984年3月台一版復刻重製
定　　價／NTD 170（平裝）

國家圖書館出版品預行編目（CIP）資料

松陽方言攷 / 葉夢麟著.— 臺二版.— 臺北市 :
中華書局, 2015.11
面 ; 公分. —(中華語文叢書)
ISBN 978-957-43-2870-3(平裝)

1.漢字 2.古音 3.方言

802.5223　　104020204

NO.H0019
ISBN 978-957-43-2870-3（平裝）